KB168533

김상현의 밥詩

황금알 시인선 161
김상현의 밥詩

초판발행일 | 2017년 11월 30일

지은이 | 김상현
펴낸곳 | 도서출판 황금알
펴낸이 | 金永馥
선정위원 | 김영승 · 마종기 · 유안진 · 이수익
주간 | 김영탁
편집실장 | 조경숙
표지디자인 | 칼라박스
주소 | 03088 서울시 종로구 이화장2길 29-3, 104호(동숭동)
물류센타(직송 · 반품) | 100-272 서울시 중구 필동2가 124-6 1F
전화 | 02)2275-9171
팩스 | 02)2275-9172
이메일 | tibet21@hanmail.net
홈페이지 | http://goldegg21.com
출판등록 | 2003년 03월 26일(제300-2003-230호)

값은 뒤표지에 있습니다.

ISBN 979-11-86547-79-3-03810

*이 책은 세종특별자치시와 세종시문화재단 지원금으로 제작되었습니다.
*이 도서의 국립중앙도서관 출판예정도서목록(CIP)은 서지정보유통지원시스템 홈페이지(http://seoji.nl.go.kr)와 국가자료공동목록시스템(http://www.nl.go.kr/kolisnet)에서 이용하실 수 있습니다.(CIP제어번호: CIP2017029696)

김상현의 밥詩

김상현 시집

황금알

| 시인의 말 |

모든 생명의 첫 행동은 밥을 먹는 것이며

모든 생명의 마지막 행동은 밥술을 놓는 것이다.

생명의 활동은 지속적으로 밥을 먹는 행위인데 이것을 생존이라 한다.

생명 있는 것들의 의미는 자신을 밥으로 내어주며 순응하는데 있다.

나는 인간의 의식을 유지하는 모든 긍정적 요소가 밥이라고 생각한다.

밥이 신과 자연과 인간을 유기적으로 연결하는 근원이라 여겨

이 시집에 밥에 대한 깨달음을 담고자 하였다.

차 례

밥 1

바람 꽁무니 도사린 후미진 곳,
거미줄에 걸린 늙은 나방이 거미에게 말했습니다

기꺼이 나를 먹으소서
나는 허기진 당신의 먹이로소이다
나로 한 끼의 배부름을 채우고도 남는다면
한적할 때 당신이 즐길 간식거리로 매달아 두소서
흔적도 남김없이 당신의 밥이 되어도
당신으로 인해 나의 최후는 넉넉합니다

이렇게 고백하며 나방은 은빛 줄에 앉아 처음으로
날아온 하늘을 뒤돌아보았습니다

비로소 하늘이 참 아름다워 보였습니다.

밥 2

"내가 네 밥이냐?"라고
내게 화를 낸 적이 있지요?

당신께서 내 밥이 된다면

거룩하신 당신
절을 받으소서

나도 밥이 될 수만 있다면,
늘그막에 개밥이라도 될 수만 있다면

발꿈치가 아리도록
춤이라도 추고 싶습니다.

밥 3

사마귀 한 쌍이 사랑을 나눈 뒤에

수컷이 암컷에게 잡아먹히면서
나직이 속삭이는 말은

꼭꼭 씹어드소서
나는 당신의 밥이로소이다

수컷 사마귀는 미동도 없이
암컷의 밥이 되었다

곤충학자 중에는 수컷이 자신의 후대를 위해서라고 하지만
틀린 말이다

사랑의 대가로
목숨을 기꺼이 내어주는 것이 분명하다.

밥 4

하나님! 오늘도 당신을 먹으려고 미사에 나왔습니다
괴로울 때는 당신을 사납게 뜯어먹었습니다
허기질 때는 허겁지겁 뜯어먹었습니다
오늘은 아내와 함께 당신을 느긋하게 뜯어먹겠습니다
하나님! 당신은 스스로 밥이 되어
사납고, 허기지고, 게으른 자들을 먹이십니다
저희는 언제 자신을 먹이로 내어 줄 수 있겠습니까
사납고, 허기지고, 게으른 자들에게 먹이가 되겠습니까
하나님! 오늘도 당신을 흡족하게 뜯어먹고
광야로 나가 독수리나 승냥이의 먹이가 될 수 있는
믿음을 주십시오
사랑하는 나의 하나님!

밥 5

세상에 식은 밥이란 없다
세상의 모든 밥은 따뜻하다

내가 매달 보내고 있는 몇 그릇의 설렁탕 값이
검은 대륙 말라위에 있는 아담*네 가족에겐
한 달을 지탱해주는 일용한 양식이며
하늘이 내린 만나다

사람에게 온기가 없다면
따뜻한 밥 한 그릇도 지을 수 없다.

* 아담: 아프리카 말라위에 있는 소년

밥 6

새벽 2시, 잠에서 일어나
너를 먹는다

벌써 두 시간 째
너를 먹는다

사람들이 불면증이라고 부르는
식사시간

먹을수록 허기지는 이유는
그리움이라는 식욕 때문이다

모든 생각은
모든 의식은
생명을 존속시키는 밥이 된다.

밥 7

"밥 먹었습니까?"

오늘도 밥 인사로 시작되는 하루

잘 살아야겠다

밥심으로 잘 살아야겠다

밥숟갈을 내려놓는 그날이 올 때까지

밥심으로 잘 살아야겠다

굳게 다짐하는 아침.

밥 8

절간마다
엎드려
밥 달라고 빌고

교회마다
엎드려
밥 달라고 빌고

부처님,
하나님,
딱
한 마디 말씀은

네가 굶었었느냐?

밥 9

들꽃 한 송이가

풀잎 한 줄기가

엉겅퀴 한 포기가

햇볕 한 조각 물고 달아나는 병아리들을 보고서야

생명을 키우는 밥이 따뜻한 햇살임을 알았다네.

밥10

나이프와 포크와 숟가락과 젓가락,

그런 무기를 들고 설치며 살아온 일상을 던져버리고

스스로 밥이 되어

고봉밥이 되어

천지가 밥 냄새가 진동하는 세상을 꿈꾸며

서로 밥이 되고

서로 먹여 주는

세상은 얼마나 평화로울까.

밥 11

일으켜 세워주세요
이 땅의 끄트머리 전라도 개펄을
고부 들판 함성 사이로 불타는 핏빛 강줄기를

일으켜세워 주세요
철근콘크리트에 깔린 거대한 사찰을
그 사찰 앞에 엎드린 질경이풀, 가난한 마음을

고추밭 시들한 열매를
이 땅의 척추인 농심을 일으켜 세워주세요

기름진 땅에 마냥 숨 쉬어야 할 씨앗들을
버리지 않도록 이 땅을 일으켜 세워주세요

밭두렁, 논두렁길에 새참을 이고 가는 아낙네의 풍경을
다시 볼 수 있도록 이 땅을 일으켜 주세요

백두에서 한라까지 척박해진 이 땅을 일으켜 주세요.

밥 12

미국에서 농산물이 마구 쏟아져 들어온다는데
나
큰일났어

위장에 고작 밥 한 그릇밖에 채울 수가 없는데
나
큰일났어

미국산 쇠고기, 돼지고기도 먹어 줘야 하는데
체지방 위험선고를 받은
나
큰일났어

우리 땅에서 자란 푸성귀나 먹고 살던
나
큰일났어.

밥 13

언제 사람과 멧돼지가
경계선 긋고
불가침조약이라도 맺고 살았간디?

배곯은 어미 젖이 안 나와
지 새끼들 죽어가는 것
눈 뜨고는 차마 볼 수가 없어서
사람 사는 동네에 밥 한 술 얻어먹으러 내려왔다가
몽둥이에 맞고
총에 맞아 죽었는데
사람들은 산에서 멧돼지가 내려왔다고 법석인디

언제 사람과 멧돼지가
경계선 긋고
불가침조약이라도 맺고 살았간디?

사람은 산에 안 가간디?

밥 14

본래
밥은 벌어먹는 것이 아니고
빌어먹는 것이랍디다
밥 한 그릇 받으면
하늘을 섬기듯이 감사하고
땅에 입 맞추고
밥풀 한 톨 한 톨이
내 살이거니 믿으며
농부를 향해 절을 하며
빌면서 먹는 것이랍디다
밥 한 그릇보다
더 큰 은혜 없다는 마음으로
밥을 먹을 때마다 절하는 것이랍디다
밥은 빌어먹는 것이랍디다.

밥 15

안동安東에 갔던 날

살아서 먹어 본 제삿밥

헛제삿밥

놋쇠제기에 담긴 제삿밥

배곯은 객귀客鬼의 밥까지
앗아먹는

헛제삿밥.

밥 16

"개판 5분 전"이라는 말

배부르거나
참의미를 모르면 쓰지 말자

한국동란 당시에
대한민국 군대에서 쓰던
오지게 그립던 말

밥뚜껑 열기 5분 전이라는 뜻으로
쓰던 말

"開板 5分 前!"이라는 말은

허기진 군인들에게
밥솥 앞에 줄을 서라는
눈물 나게 듣기 좋던
복음福音.

밥 17

살점을 물어뜯는
송곳니가 부끄럽다

향기로운 곡식을
잘게 부술 수 있는 맷돌 어금니면
족한데
무엇을 더 탐하려
웃음에도 송곳니를 드러내 보이는가

위선의 송곳니가 성성한 게
부끄럽다.

밥 18

흉년이 들었던 50년대 어느 해 복날

똥도 못 먹어 굶주린 우리 집 똥개 백구가
앞산 계곡 골고다로 끌려가던 날

아사 직전의 식구들을 구원하고
백구 죽어 검게 그을어 지게에 업혀오던 날

식구들 아무 말 없이
마루에 둘러앉아 똥개 백구를 먹던 날

눈물 없이 똥개 백구 잡아먹던 날.

밥 19

마루 벽에 걸려있던
불알이 큰 시계

꼬박꼬박
하루 한 번은
밥을 줘야만 살았다

살아있는 것은 모두
밥을 줘야만 산다는 것을

그때 처음으로 배웠다.

밥 20

어머니는 남편을 웬수라고 하면서도
그를 위해 웃밥*을 지으셨다

몇 해째 소식이 없는 남편,
그해 겨울에도 웃밥은 멍덕*이 씌어져
따뜻한 아랫목에서
날마다 막차를 기다렸다

언제나 어머니의 아침은 고드름보다 차가운
물밥이었다

웬수여!
웬수여!
물밥으로 어머니는 가슴을 식히셨다.

* 웃밥: 어른에게 드리기 위해 보리밥이나 조밥 위에 잡곡과 섞이지 않도록 언친 쌀밥
* 멍덕: 밥이 식지 않도록 솜을 넣어 만든 주머니

밥 21

천지에
밥상 가득 차려놓으신 분이

사람의 장대가 닿지 않게 웃자란 가지마다
홍시를 달아놓으시고

올해도 새들을 불러 모아
배부르게 먹이시니

겨울 하늘 더 푸르고 풍성하다.

밥 22

산에는
도토리 한 알이
별똥처럼 떨어지며
다람쥐를 부르는 것을
너는 모르지?

산에는
여린 잎새에 맺힌
아침 이슬방울이
산새의 목을 축여주는 것을
너는 모르지?

산에는
이끼 낀 돌들이
침묵을 가르치는 경전이라는 것을
너는 모르지?

밥 23

어릴 적 내가 잠에서 깨면 어머니는
다시 잠을 재우면서 언제나처럼

잠속에는 밥이 있단다
잠속에는 떡이 있단다
하셨다

곰이 겨울잠을 자는 까닭은
배고픔을 견디기 위해서라는 것을 후일에 알았다

어머니와 나는 춘궁기를 잠으로 이겨냈다.

밥 24

아버지
새 밥을 주세요
정월 초하루 아침밥은
새 밥을 차려주세요
꿈이 가득한 아침상을
오늘부터 한 해 내내 차려주세요
따뜻한 아버지의 사랑,
새 밥을 먹고
따뜻한 사람으로 살면서
사랑을 베풀게 해 주세요
아버지가 주신 밥은
마르지 않는 샘물 같사오니
그 밥을 먹고
향기로운 꽃바람으로 달릴 수 있도록
아버지
오늘부터 새 밥을 주세요.

밥 25

장작 패듯
심장이 아파,
불을 삼킨 것처럼
심장이 아파,
목숨이 지느러미를 파닥거릴 때서야
심혈관 세 가닥 중
두 가닥이 막혀있다는 것을
뒤늦게 알았다
심장이 피를 달라고
아우성치는 것을 그제야 알았다
어머니 젖꼭지
쪽쪽 빨 듯
피를 마시던 심장이
자지러지게 울고 있다는 것을
그제야 알았다.

밥 26

시장통에 나온 입들이
흥정을 한다
세상은 은혜롭다

아귀찜 간판이 붙은 식당 입구를 들어서자
거기서도 많은 입들이 소주잔 털어 넣는다
세상은 충만하다

웬만한 크기의 물고기는 한입에 삼켜 버리는
입이 큰 아귀를
사람의 입이 삼킨다

삼성의 기업합병,
이 아무개 재산이 얼마라는 저녁 뉴스는
큰 입이 큰 입을 삼킨다.

밥 27

씹어 먹는 것
마시는 것
모두 생명 있는 것들의
살이오, 피니
이것들을 먹고
마실 때마다
나를 돌아보게 하소서

세상의 모든 식탁은 성스러운 파스카.

밥 28

고기를 먹는다
살점을 씹으며
고깃국을 훌훌 마시며
어린 손자에게 어서 많이 먹어라 하면서
꼭꼭 씹어 먹어라 하면서
주방을 향해
1인분 추가! 라고
큰소리로 외치면서
고기를 먹는다

'모든 생명들을 사랑해야지'라고 시를 썼던
순수를 까맣게 잊고.

밥 29

목수의 아들 예수 앞에 엎드린 날,
설익은 밥풀들이 눈발처럼 떨어졌다
못 박힌 그의 발등에도
밥풀은 떨어졌다

그를 예배하는 집은 웅장했다
사람들은 돈을 들고 와 밥을 달라고
그의 이름을 부르며 머리를 조아렸다

단 한 사람도
가난을 먹여달라고 하는 이는 없었다

마이크 소리, 파이프 오르간 소리, 찬송 소리에 묻혀
예수가 우는 소리는 들리지 않았다

그의 제자를 사칭하는 자가 큰 소리로
더 거대한, 더 화려한, 더 완벽한
밥집을 짓겠다며
주리고 굶주린 자는 다 내게로 오라고 외쳐댔다

십자가 위에서 예수가 울고 있었다
그가 거둘 주린 자가 더 이상 없다며 울고 있었다.

밥 30

그의 생애는
오늘도 아슬아슬했다

"싸요 싸!
싱싱한 갈치"

그는 자기 자신마저도
팔아 버리기라도 할 듯
"싸요 싸!"를 외쳐댔다

산다는 것이 저토록 가슴 태우는 일이던가?

여름 햇살에 눈부시게 반짝이는
좌판에 누운 은빛 갈치가
그를 물끄러미 올려다보고 있었다.

밥 31

세상 살다가
욕먹거든
그것도 밥이거니 하거라

누가 욕하거든 뱉지 말고
꾸역꾸역 삼키며
밥이거니 받아먹거라

욕 속에도
사랑이 있거니 하고
받아먹거라

무슨 욕이든 뱉지 말고
밥이거니 하고 참고 먹으면
밥심 때문에 관대해지는 법이다

어머니 말씀.

밥 32

밥 한 그릇이 귀한 줄 모르는 사람은
굶주려 보지 않은 사람이다
비어있는 그릇을
깨끗하다고 말하는 사람은
배고픔을 모르는 사람이다
밥 한 그릇의 의미
밥 한 그릇의 기쁨을 아는 사람은
빈 그릇을 보면 마음이 아프다
밥 한 그릇에 감사해서
두 손을 모아 기도하다가도
굶주린 사람들의 빈 그릇을 생각하면
눈물을 흘리는 사람은
밥 한 그릇이 그 영혼을 구원하게 된다
그런 사람은 밥 한 그릇을 앞에 두고
수저를 들 때마다 빈 그릇의 아픔을 생각하며
밥 한 그릇이 귀한 줄을 안다.

밥 33

임금님 밥을 수라라 하고

웃어른 밥은 진지라 하고

하인 밥은 입시라 하고

귀신 밥은 메라 하는데

오장을 거쳐 똥이 되는 밥이
어찌 위아래가 있겠는가?

만약에 높고 낮음이 있다면
밥은 임금님 상투 위에 있는
하늘이다.

밥 34

밤하늘의 별들은 아이들의 밥이다
아이들은 모두 별을 우러르며 자란다
산골에 사는 가난한 아이는 더 배부르게 별들을 먹는다
발꿈치를 들고 손을 뻗으면 한 줌 가득 잡히는 별들은
늦은 밤 아무도 모르게 아이들이 먹는 간식이다
별을 먹고 자란 아이들은 어른이 되어서도 배가 고프면
버릇처럼 밤하늘의 별을 우러르다 잠이 든다
별똥별 하나 떨어지면 얼른 주어 가슴에 담고
돌아오는 아이는 운이 좋은 아이다
지금도 별들이 빛나는 까닭은 아이들의
밥이 되어주고 싶기 때문이다.

밥 35

아이는 오늘도 야단을 맞았다
전자밥은 제발 그만 먹으라고 했지만
아이에게는 컴퓨터 게임이 세상에서 제일 맛있는 밥이다
수학과 영어와 과학처럼 맛없는 밥을 먹을 리가 없다
아이들은 뛰고 춤추고 질주하는 맛있는 밥을 먹으려고
한다
아이들의 밥그릇은 크고 평면이다
밥그릇부터가 우리와는 전혀 다른 식탁,
아이에게 컴퓨터 게임은 일용할 양식이다
몇 시간째 먹어도 빠르게 소화시키는 체질,
맛이 없으면 밥은 밥이 아니다

문득, 맛없는 밥을 먹기 위해 뛰었던
초라한 내 인생이 보였다.

밥 36

모두가 비는 까닭은
하루 세끼 밥상을 위함이니
먹는 것처럼 거룩한 일은 없다

이보다 더 거룩한 일은
제 살을, 제 뼈를, 제 피를
서슴없이 내어주는 밥상 위의 생명들이니
사람이 숟가락을 들 때마다 생각할 일이다

밥상의 순결함을 기억하지 못하고
투덜대거나
이웃의 밥상을 빼앗으려고
숟가락을 칼처럼 가는 일은 꿈에라도 버릴 일이다

절여지고 썩어 맛을 내는
김치나 젓갈의 가르침을
밥상을 받을 때마다 묵묵히 받아먹은 것이
생명예배에 참여하는 일이다.

밥 37

쇠똥구리가 밥을 굴리고 간다

아하, 밥이 원래 구린 것이었구나!

밥 38

세상은 언제나 날 꿈꾸게 했다
울고 있을 때 눈물을 닦아주는 것은 하늘이었다
비 개이고 산들이 내게 내려왔을 때
먼저 웃은 것도 하늘이었다
종이비행기를 접어 날리면
구름 위에 언칠 것 같은 날은
부작정 나는 사랑을 고백하기로 했다
그것들이 별이 건, 꽃이 건, 사람이 건
뛰어가서 안아주기로 했다
꿈꾸는 것은 슬픔까지도 아름답다
넉넉한 양식보다 한 순갈의 꿈이
생명의 푸른 영혼을 키운다.

밥 39

시인들이여
꽃을 노래하지 마라
죽을힘을 다해 피어내는 꽃의 아픔을
더 이상 노래하지 마라
그대들의 생존이
피는 꽃처럼 치열하지 않다면
가학성 노래는 더 이상 부르지 마라

시인들이여
지는 꽃 아쉬워하지 말고
피는 꽃 아파하여라

꽃
한 잎
한 잎이
눈물 쏟으며 피어난다.

밥 40

슬픔이 밥이다
기쁨은 잠시 미소 짓게 하지만
슬픔은 너를 보듬는다

세상의 모든 사랑이,
세상의 모든 희생이,
아픔 없이 이룰 수 없듯이
슬픔 없는 영혼은
신에게 갈 수 없다

밤하늘도 슬플 때 우러르면
별빛 또한 크게 보이니
슬픔이 너를 키운다.

밥 41

나는 한동네에 소나무와 같이 살아
30년이 넘게 나는 산 밑에서 그는 산 위에서
서로 올려다보고 내려다보면서 살아
눈보라 치는 겨울도 수없이 같이 넘고
바람 부는 한밤중이 무서워 같이 떨기도 했는데
오늘은 뒷산에 올라 소나무를 마주하니
흰 머리칼 성깃한 나와는 달리 그는 더욱 푸르고
키도 열두어 척은 더 자랐다
사람 사는 세상이 풍파라서 성한데 없이 찢기다가도
소나무 사는 뒷산에 오르면 그곳이 극락보전 같아
소나무 등걸에 기대어 잠시 산 밑 세상을 잊기도 하지만
나는 결코 그립지 않은 산 밑 동네로 다시 내려와
식솔들을 챙기며, 희망을 품으라며 빈 소리를 한다
언젠가 나 또한 산에 누워 소나무를 키우겠지만.

밥 42

버마재비 한 쌍이 사랑을 나눈 뒤에
암컷이 제 짝을 잡아먹는 것을 본 적이 있다

지상의 어느 사랑이
머리부터 발끝까지 삼키는 뜨거움이 있더냐!

세상의 어느 경전에
제 몸을 송두리째 먹이로 내어주는 사랑 있더냐!

둘이 한몸이 되는 것은
스스로 먹잇감이 되는 아픔이 있고서야 가능한 일

그런 사랑, 풀잎 위 위태롭게 사는
버마재비에게서 배운다.

밥 43

사랑하는 이여
그대 목소리는 내 귀에 찰진 밥입니다
그대가 뱉어낸 모음과 자음들이 내 가슴 밭에 씨앗으로 뿌려진다는 것을
사랑하는 이여
내 푸르디푸른 마음을 보나요?
곡조가 있는 것만이 노래는 아닙니다
그대의 목소리는 모두 내 귀에 찰진 노래입니다
복도 끝에서 듣던
교실의 풍금 소리와도 같은 그대의 목소리는
언제나 내 귀를 팔랑이게 만듭니다
그대의 목소리는 하나도 버릴 것 없이
순식간에 박제된 깃털이 되어 나를 쓰다듬는다는 것을
사랑하는 이여
내 갈쌍갈쌍한 마음을 보나요?

밥 44

당신이 지어주신 모시적삼
터진 겨드랑이
실밥,
어쩌지요?
어머니

하늘나라에 계신 나의 어머니.

밥 45

밥에도 그늘이 있다
밥 한 그릇을 비우기 전에
또 한 끼를 걱정해야 하는
민초들의 고단함이여

손바닥의 굳은살로 한 끼씩 밥을 짓는
그늘진 밥은
눈물에 쌀을 안친다

누가 이 밥을 보는가
누가 만나와 메추라기가 내리는 광야의 신화를 말하는가

오늘도 아버지는
식구의 밥그릇에 제 밥 한 숟가락을 얹혀주며
밥심으로 사는 거다, 밥심으로 버텨야 하는 거다 하면서
눈물을 글썽인다

한 그릇의 밥을 마음껏 꾹꾹 퍼 담아 보는 꿈을 꾸는
아침 상머리
흰 보시기가 햇살에 미륵처럼 앉아 있다.

밥 46

"개 밥 줘라"
"시계 밥 줘라"
어렸을 적 늘 들었던 말,
살아 있는 것들을
살아 있게 하기 위해
주어야 하는 것이
밥
이라는 것을 배우면서 자랐는데
요즘에 자주 듣기로는
"약 먹어라"
"시계 약 넣어라" 하는 말,
살아 있는 것들을
죽이지 않기 위해
약을 밥처럼 먹이는
섬뜩함이여.

밥 47

죽은 시인의 시를 읽는다
모든 활자들이 풀잎으로 일어난다
나는 그 풀잎을
소의 혓바닥으로 휘감아 씹는다
혼자 있을 때도
움질움질 되새김질을 한다

살아가는 것은
죽은 시인이 먹다 남긴 여물까지도
어물어물 씹으면서
외로움을 덜어 보는 것

누군가 눈발처럼 소리 없이 찾아와
나의 빈 그릇을 채워주기라도 하면
나는 그 검은 밥을
한 톨 한 톨 씹으며
한 권의 시집을 곳간처럼 감사한다.

밥 48

가난한 우리들은 새들처럼 밥칡을 입에 물고 다녔다
밥칡은 아버지 손등에서 맡았던 황토 냄새가 묻어났다
우리들의 배는 영양실조로 둥글둥글했고
밥은 귀했다
해가 마냥 중천에 걸려있는 긴 여름날,
어른들은 들로 일을 나가고
우리들은 숲과 들판을 쏘다니며
밥칡을 입에 물고 다녔다
들에서 일을 하던 어른들이 칡넝쿨을 발견하면
뒷산이 쩌렁쩌렁하게 우리들의 이름을 불렀고
마치 어미새처럼 다정하게 우리들의 입에 밥칡을 물려
주었다
새들만 입에 먹이를 물고 다니는 건 아니었다.

밥 49

어른들 훈계를 귓등으로 흘러들어도
할머니는 나를 탓하지 않고
귓밥이 차서 그렇다고 하셨다

어머니도 곧잘
내 잘못을
귓밥 탓으로 돌리셨다

그때나 지금이나
귓속에는 귓밥 가득한데

이제 아무도
귓밥 때문이라고 나를 감싸주는 이 없고

작은 잘못에도
세상은 너그럽지 않다.

밥 50

깊어가는 가을밤 풀벌레의 애잔한 울음이 내 귀에 밥이다
곡조를 잃어버린 대숲에 이는 바람소리가 내 귀에 밥이다
창호문을 적실 듯 사박사박 오는 눈발 소리가 내 귀에 밥이다
새벽달을 반기며 짖어대는 늙은 개의 노망이 내 귀에 밥이다

더 가까이 더 가까이는
내 이름을 부르는 한낮의 편지가 내 귀에 밥이다
기다림이 도착하는 노크 소리가 내 귀에 밥이다

이렇듯 내가 사랑하는 모든 소리는 내 귀를 배불리는 고봉밥이다.

밥 51

한국전쟁 통에 죽은 두 살배기 남동생

나를 등에 업어 키운 할머니

지상에서 나를 가장 사랑했던 어머니

지금은 하나님의 식탁에서 식사를 하고는
뭉게구름이나 새털구름으로 하늘에다 똥을 누신다

땅의 똥은 구리지만
하늘의 똥은 아름다운 은총이다

하늘의 별똥별이 그것을 증명한다.

밥 52

어느 사랑이 제 살을 밥으로 내어줄 수 있으랴

사랑은 제 살을 깎아 양식으로 내어주는 것이니

문득 늙어 종잇장처럼 가벼워진 부모님이 생각난다

어느덧 나도 제 살을 깎아 밥을 내어주고서야
생의 나이테가 보이는 나이

아들아, 너도 아프고 외롭고 슬픈 자를 위해
제 살이 깎이는 아픔을 감당할 수 있겠느냐?

대팻밥처럼.

밥 53

콩밥,
하면 모두가 무서워서 떨던 시절
어머니는 땡볕에 앉아 콩밭을 맸다
삶이 콩밭과 콩밥만큼 지난하다는 것을
몸소 배우는 것이 참 농사였는데
지금은 바다 건너온
심어도 싹눈이 보이지 않는
유전자가 변형된 콩을 먹으면서
창조경제를 외쳐댄다
콩밥!
콩을 무서워하는 사람도 콩을 사랑하는 사람도 없고
이제 땡볕에 앉아 콩밭을 매는
이 땅의 늙으신 어머니뿐.

밥 54

매미가 울어 땡볕을 달군다

울지 마라
날아보자고 세상에 나왔으니
배고파도 울지 마라

하늘 날며
세상을 보았으니
생이 짧다고 울지 마라

세상은 배고픈 곳
배고파도 참다 보면 생불이 되는 것이니

울지 마라
땡볕에 옥수수 여물어 간다.

밥 55

아버지 속에서 내가 빠져나온 후
아버지는 쓸쓸했다
아들아, 네가 빠져나간 자리를 메꾸려고
언덕에 올랐지만
사나운 모래바람뿐이구나
아버지의 밥에는 내가 뿌린 모래 알갱이들이 있었다는
것을
이제 밥을 먹어보니 알 것 같다
모래 섞인 밥을 묵묵히 드시던 아버지,
그러나 나는 모래가 씹힌다고
아들아, 네게 불평을 하는구나
한 번도 눈물을 보이시지 않던 아버지와는 달리
밥상머리에서 울컥울컥 눈물이 나오는 것을
못 본 척해다오
그래도 너는 내게 일용한 밥이다.

밥 56

"사람이 떡으로만 사는 것이 아니다"고
당신이 말씀하셨지만
주여, 자본주의는 떡으로만 삽니다
밥이 되지 않는 사랑은
버림받습니다
사람들은 자신이 지닌 떡덩이 다섯 개와 물고기 두 마리로
당신처럼
오천 명을 먹일 만큼 많은 재물을 거두려고
이른 새벽부터 일터로 나갑니다
자유시장경제가 담긴 바구니들이
길거리마다 가득 쌓이고
"사람이 떡으로만 사는 것이 아니다"는
당신의 말씀을 공허하게 만듭니다
사제들도 당신이 떡덩이를 줄 것이라며
사람은 떡으로 사는 것이라고 가르칩니다.

밥 57

그녀가 곡기를 끊었다
그녀는 살려고 곡기를 끊고 도망쳤다

사랑은 질식할 정도로 애절해서
만신창이가 되고 나서야 길을 터준다

사랑이 밥이라던
그녀의 귓속말이 여물기도 전에 곡기를 끊은 잔인함이여

굶주려도 허기져도 다시는
사랑하지 말거라

들판의 억새풀처럼 쓰러지더라도
사랑하지 말거라.

밥 58

어머니는 기어이 검은 밥에 입맞춤하셨다
숨이 붙어있는 식솔들에게는
흰 밥을 남겨 두시고
마지막 말씀은
그간 따뜻한 밥
감사했다는 짤막한 인사

어머니 누워계신 고봉산의
고봉밥 봉분을 바라보면
그분이 지으신 밥에는 은혜로 가득했다는 것을
때 늦게 깨닫게 된다

어머니는 산에 누워서도
부모는 심장으로 밥을 덥히는 것이라고
꼭 그렇게 밥을 지어야 하는 것이라고
봉 분위 풀꽃을 흔들며 말씀하신다.

밥 59

눈물의 주먹밥을 먹어 본 이는 안다
소금을 넣어 만든 밥 한 덩이가
땀에 절은 제 몸의 일부인 것을

밥이 곧 생존임을 알고 나면
인생을 헤프게 살지 않는 법

때 넘어 주먹밥을 먹어 본 이는 안다
세상에서 가장 맛있는 성찬이 밥 한 덩이임을 알고
고개 숙여 절하고 싶은 것을

밥이 하늘임을 알고 나면
공손히 두 손을 모아 섬기는 법.

밥 60

언젠가는 밥 한 번 배 터지게 먹어야지 했던
춘궁기 유년기의 소망

배 터지게 먹는 세상은 아직 오지 않고

배 터지는 세상을 만들겠다고
외치는 소리

오소서, 메시아여

기도 소리가
절간마다 교회마다
개골개골 개굴개굴

배 터질 세상이 가까웠으니
너희는 더욱 굶주려야 한다고

우리가 뽑아 올린 그가 말씀하신다.

밥 61

내 게으름 앞에 언제나 듣던
어머니의 채찍

굶어도 싸다

늙어 힘없는 내게 여전히 들리는
세상의 채찍은

굶어도 싸다.

밥 62

풀꽃 한 송이가
하늘을 떠받치고 있기에
봄을 올 수 있어요

땅은 돌밭
풀 한 포기
발 겨우 뻗어요

울지 말아요
작은 풀꽃 한 송이 보세요

당신이 있기에 봄은 와요.

밥 63

햇볕의 젖꼭지를 감탕스럽게 빨고 있는
꽃들 좀 봐요

오뉴월은 꽃들에게 젖가슴을 내어주느라
하늘은 구름 한 점 없어요

아침부터 젖을 빠는
살 오른 꽃들 좀 봐요

송이송이 젖먹이 눈이 시려
꽃들은 모두가 갓 난 젖먹이에요.

밥 64

밥이 탄다

제 속에서 새까맣게 타는 밥

아무런 냄새를 맡을 수 없는
울컥, 신물이 치미는 쓰라림

밥 태우지 마라
남의 밥도 태우지 마라

탄 밥 먹다 보면 죽는다

배고프다고
제 속을 끓이지 마라

타는 것은 애간장
끓이는 것도 애간장.

밥 65

살을 바르고 남은 가자미 가시
영락없는 나뭇잎 모양이다
생명의 뼈대는 죽어서도 저토록 가지런한가 보다

중병아리 삼계탕 계륵
영락없이 맞잡은 두 손 모습이다
감사의 뼈대는 죽어서도 저토록 간절한가 보다

푸르지 않은 나뭇잎 없고
둥글지 않은 열매 없는데
나만 유독 무시로 빛을 잃고 모나게 살았기에
홀로 슬픈가 보다.

밥 66

시장통 노인은 어찌 알고 벌레 먹은 배춧잎이 보이도록 하고서는 손짓을 한다. 일전에 아내가 배추를 사면서 벌레 먹은 것이 유기농 채소라고 한 말을 노인은 기억하고 있었다. 벌레가 먹고 남긴 배추를 맛있게 먹으면서 아내가 내게 말을 한다. 튼튼하게 생긴 놈은 농약을 친 것이라며 벌레 먹은 놈이 몸에 좋다고 한다. 여물기 전에 벌레 먹어 떨어진 낙과를 싼값에 사온 날은 더 요란스럽게 같은 말을 한다. 벌레가 먹고 남긴 것을 먹는 것이 어쨌느냐고 말하는 아내의 목소리는 점점 힘이 없다. 문득 어린 자식을 위해 일찍 상을 물리던 아버지가 남긴 밥이 생각났다.

밥 67

사각사각사각 나를 갉아먹고 있는 시간의 소리를
하나님은 들으신다

깡치만 남을 때까지 사각사각사각

시간은 나를 파먹고 배고픈 늑대처럼 운다

사각사각사각 너에게도 너를 먹는 시간의 소리를
하나님은 들으신다

우리 모두 깡치만 남을 때까지 사각사각사각.

밥 68

상처 부스러기가 밥이다

살을 도려낼 때 생기는 아픔이 밥이다

당신께서 내게 베푼 사랑의 지극함이

톱밥처럼 세상의 모든 밥에는 아픔이 있다.

밥 69

우리는 꽃이라고 부르지만
세상에 갇혀 사는 동안
늘 배고파하는 인간을 위해
하늘이 내려주신
구메밥.

밥 70

밥풀 흘리지 마라
밥풀 흘리면 죄받는다는
그 말씀

오늘 아침, 대통령이
“밥이 민주주의”라고 말했다

70년 전에 우리 할머니
하시던 말씀이

민주주의 함부로 버리지 마라는
예언이었구나.

밥 71

지상에서 가장 아름다운 노래는
품바가 빈 깡통 두드리며 부르는
밥 타령
품바는 가진 것 없이 오직 몸과 밥이 하나로
밥 한술 얻으면 그것으로 만족한 삶이니
이보다 더 절실하고
이보다 더 정직한 노래 없고
아무리 배고파도 월담하지 아니하고
대문간에서 흥겹게 부르며
밥 한 숟갈의
생명 나눔을 권하던 품바타령

지금 노래는 밥이 없는 사치스러운 곡조일 뿐.

밥 72

어느 추운 겨울
노숙자 한 사람이 밥을 구걸하러 왔는데
마침 밥이 없어서
약간의 돈을 주려 했더니
돈은 필요 없고 찬밥 한 덩이만 달라고 두 손을 모은다
그런 일이 있고 나서 얼마 후
노숙자가 어린 아들을 데리고 와서 밥 구걸을 하기에
다시 약간의 돈을 주려고 했더니
돈은 필요 없고 찬밥 한 덩이면 족하다며 두 손을 모은다
그 옆에 서 있던 아들이 아버지를 따라서 두 손을 모으며
돈은 필요 없으니 밥 없으면 돌아가겠다고 말을 한다

아버지가 아들에게 구도의 법도를 가르치는 중이었다.

밥 73

사슴벌레 한 마리 키운 적 있다
작은 플라스틱 통 속에 가두고
사슴벌레가 좋아한다는 젤리며 과일을 넣어 주었다
사슴벌레는 단식을 하는 것 같더니
얼마 지나지 않아 죽고 말았다

자유를 동반하지 않은 밥은 밥이 아니라는 것을
밥만으로는 생존할 수 없다는 것을
가르쳐주고 그가 죽었다.

밥 74

인생을 포맷하겠다고 그가 곡기를 끊었습니다
지식과 종교와 철학과 과학과 정보 외에도
오만가지 잡동사니들이 뇌 속에 가득 차서
더는 견디지를 못하고 세상을 버렸다는 말이 들렸습니다
그 이야기를 듣고 나는 남은 메모리를 아끼려고
가족에 대한 근심을 버리기로 했습니다
하나님을 더 이상 걱정하지 않기로 했습니다
경제민주화와 남북한 평화공생과 같은 정치 슬로건을
믿지 않기로 했습니다
사물을 보면 버릇처럼 의미를 찾던 습관이나
그것들이 담고 있는 은유와 상징을 무시하려고 했습니다

의식의 생존을 위한 최소한의 메모리만 남겨 두기로 했습니다.

밥 75

사람들은 모래를 파고 들어가 살기를 좋아했다
모래무지처럼

모래와 자갈로 만든 콘크리트 건물이
모래무지의 생태환경과 달랐다

사람들은 저녁이 되면 부지런히 모래 속에
고개를 묻고 잠이 들었다
모래무지처럼

모래 속에서 이끼나 플랑크톤을 먹고 사는
모래무지와는 달리
사람들은 밥에 대한 욕심이 컸다

사람들의 최후가 배를 위로 들어내고 죽는다
모래무지처럼.

밥 76

밥의 찌꺼기는 배설되지만
토설이라는 말은 대부분 흉측하다

배설물은 무해하고 유익하지만
말은 사람을 해치기도 한다

사람이 하나님이 주신 밥을 먹고
악마의 말로 되갚는 것을 보면
지구상에 이런 생명체가 존재한다는 것이
부끄럽다

사람이여
밥으로 가득 찬 초록의 들판에 서보라
식물들이 밥을 먹고 열매로 되갚는 것을 보아라

열매를 맺기 위해서는
꽃다운 말을 잊어서는 안 된다
매사에 감사하는 마음을 가져야 한다.

밥 77

한국전쟁 때
먹을 것이 없어서 굶어 죽은 자가
총에 맞아 죽은 자보다 적지 않았다
그때 어머니의 등에 업혀 피난가면서 본
밤하늘에 가득한 별들이
마치 강냉이를 막 튀겨놓은 듯 맛있게 보였다
어머니가 손을 뻗어 한 움큼 쥐어 줄 것만 같은
튀밥이던 별 밭,
세월은 가고
구순의 병든 어머니의 등에서
맛있는 튀밥 냄새가 났다
마침 열린 창문으로
밤하늘의 별들이 가득히 내려왔다.

밥 78

바람귀신이시여
이 음식을 드시고 올해는 하늘 끝에서 주무소서
2월 초하루, 춘궁기 가난한 백성이 차려놓은 밥상이오니
흡족히 드시고 돌아가시면
곡식이 여무는 여름부터 추수할 가을까지 오지 마소서
바람귀신 영동할매여
동풍으로 비를 잠재우시고
서풍으로 연안 바다에 어족을 모아 주시고
남풍으로 곡식을 익혀주시고
북풍으로 한겨울 찬 기운을 몰아내 주소서
풍신의 딸 고운 옷자락은
저녁 하늘에 붉은 노을로 걸어두시고
하늘 끝에서 쉬소서
영동할매 풍신이시여.

* 풍신인 영동할매는 2월 초하루에 와서 보름 동안 음식을 먹고 돌아간다는 전설이 있음.

밥 79

정화조를 펐다

똥통 속에 미생물이 살고 있다는 것을,

그 생명들이 어둡고 악취 나는 통속에서

배설물을 분해시키고 있었다는 것을,

나와 끈끈한 인연이 있었지만 의식하지 못했다는 것을,

미생물들은 그곳에서 다른 우주를 이루고 있었다는 것을,

내 배설물이 그들에겐 일용한 양식이었다는 것을,

내가 무엇을 먹었는지 감출 수 없게

그들은 다 알고 있었다는 것을,

정화조를 푸며 정화해야 할 세상은

배부르게 먹으면서도 불평하며

남의 밥도 훔쳐 먹는 인간 세상인 것을

섬광처럼 깨닫게 되었다.

밥 80

서양 사람들이 좋아하는 파스타에는
월계수 이파리, 오레가노 이파리, 타임나무 이파리가 들어갑니다
그러나 혀끝 미각에 취해
제 몸 속에 월계수 숲, 오레가노 들판, 푸른 타임나무가 자란다는 것을 잊고
서양 사람들은 침략의 역사를 만듭니다
그 나무숲의 향기가 얼마나 그윽하다는 것을,
제 몸이 향기 가득한 숲이 된다는 것을 까맣게 모르고
칼을 갑니다
서양 여행을 하다 보면
파스타를 먹고 있는 사람들이 신봉하는 과학기술이
얼마나 인간성을 파괴하고 있는지 모르고
혀끝의 단맛에 빠져 있다는 것을 보게 됩니다.

밥 81

배곯이 하던 가난한 시절, 밥도둑이 많았습니다. 그런 밥도둑을 위해 어머니는 늘 가마솥에 밥 한 그릇을 고봉으로 담아 넣어 두었지요. 밥도둑은 그 밥이 자기를 위한 것이라는 것을 곧 알아차렸습니다. 다음날도 그 다음날도 가마솥에는 여전히 밥 한 그릇이 들어 있었으니까요. 어느 날 도둑은 고마움의 표시로 아궁이 옆에다 나뭇단 한 짐을 부려놓고 갔답니다. 그 뒤론 한 번도 밥도둑은 오지를 않았는데 아침마다 가마솥에 그대로 남아있는 밥그릇을 보며 어머니는 "어디 가서 굶어 죽지는 않았는지…" 하며 눈물을 글썽이곤 하셨습니다.

* 시 「밥도둑」 재수록

밥 82

종이 위

검은 밥풀 맛있게 드세요

햇살 아래 비둘기 모이 쪼듯

검은 밥풀 맛있게 드세요

그 밥,

눈물 없이 환한 밥

남루 속에 당신 빛나네요

구도자인 스승이시여.

밥 83

저급한 영화 속
깡패가 내뱉던 험한 말
"내가 네놈 창자를 꺼내 먹을 거야"

어쩌자고
나는 순대를 먹고 있는가

영화 속 그 험한 대사를
연출하고 있는가

갑자기 배고픔이 사라진다.

밥 84

도서관 책 속에서는
플라톤과 앙드레 지드와 생텍쥐페리와 바슐라르
그리고 메를로 퐁티의 살 냄새가 난다
모두가 한때 내가 목말라했던 밥풀들이다
나는 검은 밥풀을 맛있게 주워 먹으며
밤새 주워 먹으면서도 허기가 져서
지식이라는 커다란 위장 속에
달랑 헤세의 시 한 구절을 담아 오곤 왔다
요즘에는 나도 사람들에게 주려고
늦은 밥을 짓는데
허기진 사람들의 위장 속에
시 한 구절
줄 수 있을지 걱정을 한다.

밥 85

밥상 앞에서 어머니는
사람은 밥심으로 산다고 자주 말씀하셨다

난
저 양반이 밥힘을 밥심이라 하시는가 보다 했는데

밥에도 마음이 있다는 깊은 말씀

내 입에 들어가는 곡식 한 알 한 알이
염천 한 철 내내 햇빛을 물고 있었다는 것을
잊지 말고 감사하라며

사람은 밥의 마음
곧 밥심을 갖고 살아야 한다는 지엄함 말씀.

■ 해설

생명과 파괴, 밥의 상상력

— 김상현의 「밥詩」

오 홍 진(문학평론가)

김상현은 '밥詩'의 머리말에서 "모든 생명의 첫 행동은 밥을 먹는 것이며/ 모든 생명의 마지막 행동은 밥술을 놓는 것이다."라고 적고 있다. 삶에서 죽음으로 가는 길 위에 밥이 있다. 밥을 먹으면 살고 밥을 먹지 않으면 죽는다. 그런데 산 사람은 제 몸을 먹고 살 수는 없다. 무언가를 먹는다는 건 내 몸 밖에 있는 사물을 먹는다는 걸 의미한다. 밥은 그러니까 '나'라는 존재가 '타자'를 전제로 해서 존재할 수밖에 없다는 것을 예시한다. 먹고 살려면 '나'는 타자를 받아들여야 한다. '나'라는 몸에는 이미 수많은 타자들이 살고 있다. '나'가 곧 '너'가 되는 세계를 '밥'은 또한 보여주고 있는 것이다.

시인은 "생명 있는 것들의 의미는 자신을 밥으로 내어주며 순응하는 데 있다."라는 말로 이런 상황을 설명한다. '순응'이란 말은 생명이라면 벗어날 수 없는 '운명'과도 같은 것이다. 생명은 자신을 밥으로 내어주고, 동시에 다른 생명을 밥으로 취한다. 인간이라고 다를 게 없다. 살아서 인간은 수많은 생명들로부터 밥을 취하지만, 땅으로 돌아간 인간은 제 몸을 기꺼이 다른 생명들의 밥으로 내준다. 이것이 생명의 순환이다. 살아 있는 존재가 죽음에 이른다는 건 다른 생명의 밥으로 돌아가는 걸 의미한다. 자연의 순환은 곧 밥의 순환이라는 말이다.

이렇게 보면 밥은 물질로 한정할 수 없는 특이성을 내포하고 있다. 시인의 말마따나 "인간의 의식을 유지하는 모든 긍정적 요소가 밥이라고 생각"(「머리말」)할 수 있다. 밥은 인간의 의식을 유지하는 뿌리이다. 밥을 먹음으로써, 달리 말하면 다른 생명들을 내 몸속으로 받아들임으로써 우리는 "신과 자연과 인간을 유기적으로 연결하는 근원"(「머리말」)으로 다가갈 수 있다. 아무 밥이나 먹으면 안 되는 이유가 여기에 있다. 밥은 그것을 먹는 이의 몸을 만들고, 정신을 만든다. 어떤 밥을 어떤 마음으로 먹느냐에 따라 한 생명의 미래가 열리거나 닫힐 수 있다. 생명에서 또 다른 생명으로 끝없이 이어지는 밥의 상상력은 모든 생명을 관통하는 하나의 생명이 있다는 걸 새삼 알려주고 있는 셈이다.

> 바람 꽁무니 도사린 후미진 곳,
> 거미줄에 걸린 늙은 나방이 거미에게 말했습니다
>
> 기꺼이 나를 먹으소서.

나는 허기진 당신의 먹이로소이다
나로 한 끼의 배부름을 채우고도 남는다면
한적할 때 당신이 즐길 간식거리로 매달아 두소서
흔적도 남김없이 당신의 밥이 되어도
당신으로 인해 나의 최후는 넉넉합니다

이렇게 고백하며 나방은 은빛 줄에 앉아 처음으로
날아온 하늘을 뒤돌아보았습니다

비로소 하늘이 참 아름다워 보였습니다.

－「밥 1」 전문

늙은 나방 한 마리가 거미줄에 걸렸다. 늙은 나방 입장에서 보면 비극이다. 그런데 늙은 나방은 "기꺼이 나를 먹으소서"라고 이야기한다. 한 끼의 배부름을 채우고도 남은 몸은 "당신이 즐길 간식거리로" 거미줄에 매달아 두라고도 말한다. "당신으로 인해 나의 최후는 넉넉합니다"라는 구절에 이르면 늙은 나방 스스로 거미줄에 걸리지 않았을까 하는 생각이 들기도 한다. 늙은 나방은 거미를 위해 희생을 한 것일까? 무엇을 위해 늙은 나방은 이렇게 행동하고 있는 것일까?

시인은 "은빛 줄에 앉아 처음으로/ 날아온 하늘을 뒤돌아"보는 늙은 나방에 주목하고 있다. "처음으로"라는 시어가 눈길을 끈다. 이 시어는 "은빛 줄에 앉아"와 "날아온 하늘을" 사이에 놓여 있다. 늙은 나방은 당연히 은빛 줄에는 처음으로 앉았을 것이다. 그렇다면 처음으로 날아온 하늘을 뒤돌아본다는 건 무슨 의미일까? 은빛 줄에 앉은 나방은 '처음으로' 자신이 날아온 하늘을 바라본다. 날아다니던 일에만 집중했던 나방은 늙어서야 제가 날아온 곳을 들여다볼 여유가 생긴 것이다. 그 여유가 '죽음'과 더불어 오는 것은 늙은 나방이 그만큼 여유 없이 살아왔다는 것을 의미한다.

시인은 "비로소 하늘이 참 아름다워 보였습니다."라는 문장으로 이 시를 끝맺고 있다. 아름다운 하늘은 날아온 하늘을 '처음으로' 본 늙은 나방의 마음을 그대로 투영한다. 생명에 대한 집착을 놓은 바로 그 자리에서 늙은 나방은 가장 아름다운 하늘을 본다. 시간이 준 선물이라고 말해도 좋다. 기꺼이 거미의 밥이 되는 마음과 가장 아름다운 하늘을 보는 마음은 같은 것일까, 다른 것일까? 시인은 늙은 나방을 통해 자신이 살아온 삶을 뒤돌아본다. 거기에도 늙은 나방이 본 '참 아름다운 하늘'이 있을까?

제 몸을 내주고 또 다른 세상에 이르는 늙은 나방의 미학은 「밥 3」에서는 사마귀 한 쌍의 사랑으로 변주되고 있다. 사랑을 끝낸 수컷 사마귀는 암컷 사마귀의 밥이 된다. 시인은 수컷이 암컷에게 잡아먹히며 나직이 속삭이는 말을 다음과 같이 적고 있다. "꼭꼭 씹어드소서/ 나는 당신의 밥이로소이다". 자연自然이라고 하기엔 끔찍한

(이 말은 물론 인간의 생각이다) 이 상황 속에서도 시인은 기꺼이 제 몸을 희생하는 생명의 맥락을 읽어내고 있다. 곤충학자들은 수컷이 자신의 후대를 위해 '희생'을 선택한다고 이야기한다(유전자에 그리 되어 있을 테니 운명이겠지만). 시인의 생각은 다르다. "사랑의 대가로/ 목숨을 기꺼이 내어주는 것"이라고 시인은 강조하고 있다.

수컷 사마귀는 사랑의 대가로 목숨을 내놓은 것이라는 시인의 이 말-해석을 우리는 어떻게 받아들여야 할까? 이 질문에 답을 하려면 먹는 행위에 내재된 의미를 우리는 다시금 들여다볼 필요가 있다. 생명은 먹는 데서 시작해 먹지 못하는 데서 끝난다. 암컷 사마귀가 수컷 사마귀를 먹는 행위가 생명 활동이라면, 수컷 사마귀가 암컷 사마귀에게 먹히는 상황 또한 생명 활동이라고 할 수 있다. 수컷 사마귀는 '먹는 행위'를 통해 암컷 사마귀와 하나가 된다. 삶과 죽음이 둘 사이에는 걸쳐 있지만, 동시에 그 둘은 삶과 죽음을 넘어 하나로 통합된다. 목숨을 내놓음으로써 새로운 삶을 얻는 역설은 여기서 의미를 얻게 되거니와, 수컷 사마귀는 사랑의 대가로 제 생명을 다음 세대로 잇게 되는 셈이다.

> 버마재비 한 쌍이 사랑을 나눈 뒤에
> 암컷이 제 짝을 잡아먹는 것을 본 적이 있다
>
> 지상의 어느 사랑이

머리부터 발끝까지 삼키는 뜨거움이 있더냐!

세상의 어느 경전에
제 몸을 송두리째 먹이로 내어주는 사랑 있더냐!

둘이 한몸이 되는 것은
스스로 먹잇감이 되는 아픔이 있고서야 가능한 일

그런 사랑, 풀잎 위 위태롭게 사는
버마재비에게서 배운다.

-「밥 42」 전문

버마재비(사마귀)가 "한 몸이 되는 것은/ 스스로 먹잇감이 되는 아픔이 있고서야 가능한 일"이라고 시인은 쓰고 있다. 제 몸을 송두리째 내어주는 이 사랑을 시인은 어느 종교 경전에도 나오지 않는 뜨거운 사랑으로 표현한다. 사마귀의 사랑은 인간 인식의 한계를 벗어난 '자연'이라고 할 수 있다. 자연 법칙에 적응하지 못하는 생명들은 도태될 수밖에 없다. 이것을 자연의 가혹한 법칙이라고 생각하는 건 인간일 뿐이다. 가혹하고 잔혹한 수준으로 따진다면 인간이 먹을거리를 장만하기 위해 벌이는 '살육'의 잔인함을 넘어서는 자연=생명은 없다. 생명이 벌이는 행동은 생명을 기준으로 판단해야 한다. 거기에 인간의 시선이 개입할 때 생명 본래의 자연은 이내 사라져버린다.

「밥 9」에서 시인은 "생명을 키우는 밥이 따뜻한 햇살"이라는 사실을 분명히 밝히고 있다. 햇살이 생명을 키우듯 암컷 사마귀는 수컷 사마귀를 잡아먹는다. 사람들은 이 둘을 다르게 생각할지 모르지만, 둘 다 새로운 생명을 낳는 작업인 것은 부정할 수 없다. "서로 밥이 되고/서로 먹여주는"(「밥 10」) 세상을 버마재비는 버마재비의 방식으로 실천한다. 시인은 버마재비의 사랑을 보며 생명=밥에 드리워진 '희생'의 의미를 되묻고 있다. 수컷 버마재비는 살기 위해 사랑을 하는 것이다. 암컷에게 먹히는 그 순간에도 수컷이 사랑에 빠져 있는 이유는 무엇이겠는가? 암컷에게 먹히는 그 과정마저도 하나의 삶으로 받아들이는 수컷의 그 뜨거운 사랑에서 시인은 생명=밥에 드리워진 거룩함을 보고 있는 것이다.

본래
밥은 벌어먹는 것이 아니고
빌어먹는 것이랍디다
밥 한 그릇 받으면
하늘을 섬기듯이 감사하고
땅에 입 맞추고
밥풀 한 톨 한 톨이
내 살이거니 믿으며
농부를 향해 절을 하며

빌면서 먹는 것이랍디다
밥 한 그릇보다
더 큰 은혜 없다는 마음으로
밥을 먹을 때마다 절하는 것이랍디다
밥은 빌어먹는 것이랍디다.

–「밥 14」 전문

시인은 "본래/ 밥은 벌어먹는 것이 아니고/ 빌어먹는 것"이라고 선언한다. 빌어먹는 사람은 하늘을 섬기는 마음으로 밥 한 그릇을 받아야 한다. 빌어먹는 건 "농부를 향해 절을 하며/ 빌면서 먹는 것"이다. 농부를 향해 절하는 거라고 했지만, 절하는 대상을 꼭이 농부에 한정할 필요는 없다. 밥을 먹기 전에 우리는 우리를 살리는 모든 생명을 향해 절을 해야 한다. 농부는 그 생명을 우리에게 전해주는 존재이다. 따라서 농부에게 절을 하는 건 농부가 키운 생명에게 절하는 것과 다르지 않다. "밥 한 그릇보다/ 더 큰 은혜 없다는 마음으로" 우리는 절을 한다. 절을 하며 빌어먹는 게 밥이라는 발상은 생명을 향해 우리가 갖추어야 할 최소한의 예의를 표현한 것이라고 봐도 좋겠다.

'밥'에 내재된 이런 성격 때문일까? 시인은 「밥 17」에서 "살점을 물어뜯는/ 송곳니가 부끄럽다"고 고백한다. 어금니만 있어도 "향기로운 곡식을/ 잘게 부술 수 있는"데, "무엇을 더 탐하려/ 웃음에도 송곳니를 드러내 보이는가"라고 시인은 묻고 있다. 웃으면 어김없이 드러나는 송곳니를 시인은 "위선의 송곳니"로 표현한다. 송곳니는 살점을 물어뜯는 폭력성을 감춘 채 웃고 있다. 더 싱싱하고, 더 맛있는 맛을 찾는 인간의 욕심을 시인은 송곳니의 폭력성으로 드러낸다. 폭력은 생명을 살리는 일이 아니라 생명을 죽이는 일과 이어진다. 폭력에는 생명에 대한 예의가 없다. 당연히 밥에 대한 예의도 없다. 생명=밥을 도구로 생각하는 마음 속에는 언제나 폭력이 도사리고 있다.

목수의 아들 예수 앞에 엎드린 날,
설익은 밥풀들이 눈발처럼 떨어졌다
못 박힌 그의 발등에도
밥풀은 떨어졌다

그를 예배하는 집은 웅장했다
사람들은 돈을 들고 와 밥을 달라고
그의 이름을 부르며 머리를 조아렸다

단 한 사람도
가난을 먹여달라고 하는 이는 없었다

마이크 소리, 파이프 오르간 소리, 찬송 소리에 묻혀
예수가 우는 소리는 들리지 않았다

그의 제자를 사칭하는 자가 큰 소리로
더 거대한, 더 화려한, 더 완벽한
밥집을 짓겠다며
주리고 굶주린 자는 다 내게로 오라고 외쳐댔다

십자가 위에서 예수가 울고 있었다
그가 거둘 주린 자가 더 이상 없다며 울고 있었다.

–「밥 29」 전문

예수를 예배하는 집은 웅장하다. 그 웅장한 곳에서 "사람들은 돈을 들고 와 밥을 달라고" 예수에게 머리를 조아린다. "단 한 사람도/ 가난을 먹여달라고 하는 이는 없었다"라는 구절에 나타난 대로, 그들은 오로지 돈으로 밥을 사는 데만 관심이 있다. 그들에게 밥은 도대체 무엇을 의미할까? 마이크 소리, 파이프 오르간 소리, 찬송 소리가 넘쳐나는 이곳에서는 정작 "예수가 우는 소리는 들리지 않았다". 예수는 과연 무엇을 위해 울었을까? 웅장한 집에서 울려 나오는 저 소리들을 들으며 예수는 무엇을 생각했을까? 다섯 개의 떡과 물고기 두 마리로 오천 명이 넘는 사람들을 먹인 예수의 그 마음을 웅장한 집에서 소리쳐 기도하는 저 사람들은 과연 알고 있을까?

시인은 십자가 위에서 울고 있는 예수를 그리고 있다. 십자가에 못이 박혀 희생한 예수는 지금도 십자가 위에서 처절하게 울고 있다. 예수의 제자를 사칭하는 자들은

"더 거대한, 더 화려한, 더 완벽한 밥집을" 짓기 위해 주리고 굶주린 자들의 호주머니를 샅샅이 털어버린다. 주리고 굶주린 자들을 먹이기 위해 필요한 밥집이 왜 이리 웅장해야 하는 것일까? 십자가 위에 못 박힌 예수는 "그가 거둘 주린 자가 더 이상 없다면서 울고 있"다. 예수의 제자는 더 큰 집을 지으려고 주리고 굶주린 자들을 모으는데, 예수는 주린 자가 더 이상 없다며 울고 있다. 주린 자가 없는 건 좋은 일이 아닌가? 예수는 왜 주린 자가 없는데도 울고 있는 것일까? '마음이 가난한 자'가 사라진 현실을 앞에 두고 생명의 예수는 하염없이 울고 있다. 신을 향한 기도마저도 자기 배를 불리는 수단으로 내몰린 상황을 시인은 위 시를 통해 적나라하게 표현하고 있다고 하겠다.

예수의 제자를 사칭하는 사람들은 웃음 속에 송곳니를 감추고 있다. 그들은 주리고 굶주린 자들의 몸을 물어뜯을 준비가 되어 있다. 기회만 오면 그들은 사나운 사냥개처럼 굶주린 자들을 향해 달려들 것이다. 돈이 지배하는 세계에서 생명은 돈을 불리는 수단일 뿐이다. 돈이 돈을 낳는다. 생명이 사라진 자리를 사람들은 돈으로 가득 채운다. 인간에 대한 예의, 나아가 생명에 대한 예의는 사라진 지 오래다. 더 많이 먹기 위해 사람들은 더 많은 생명들을 죽인다. 더 편하게 살기 위해 사람들은 더 많은 자연=생명을 가차 없이 파괴한다. 생명의 사슬은 오래 전에 끊어져 버렸다. 생명의 자연이 사라진 자리에

인공의 생명들이 들어섰다. 모든 생명=밥이 인공적으로 생산되는 세계에서 밥을 먹고 산다는 건 과연 어떤 의미를 지니고 있을까?

"개 밥 줘라"
"시계 밥 줘라"
어렸을 적 늘 들었던 말,
살아 있는 것들을
살아 있게 하기 위해
주어야 하는 것이
밥
이라는 것을 배우면서 자랐는데
요즘에 자주 듣기로는
"약 먹어라"
"시계 약 넣어라" 하는 말,
살아 있는 것들을
죽이지 않기 위해
약을 밥처럼 먹이는
섬뜩함이여.

–「밥 46」 전문

위 시에서 시인은 밥과 약의 시적 거리를 이야기하고 있다. "개 밥 줘라" "시계 밥 줘라"라는 말을 들으며 시인은 살아왔다. 살아 있는 것들을 살아 있도록 해주는 것이 밥이라는 게 이 말들에는 담겨 있다. 하지만 요즘은 말이 바뀌었다. 시계에 밥을 주는 게 아니라 시계에 약을 넣으라고 사람들은 말한다. 살아 있는 것들을 죽이지 않으려고 사람들은 약을 넣는다. "약을 밥처럼 먹이는/ 섬뜩함이여."라는 구절이 시계에만 한정되는 건 아니다. 땅에 뿌리는 비료도 결국은 '약'이 아닌가. (화학) 비료를 땅에 뿌리면 땅은 서서히 죽는다. 땅도 쉴 때는 쉬어야 한다. 쉬어야 할 땅에게 비료=약을 처방하는 '섬뜩한' 판단을 인간은 주저 없이 내리고 있는 것이다.

살리기 위해 '밥'을 먹이는 사람과 "죽이지 않기 위해" 약을 먹이는 사람은 확실히 사물을 보는 눈이 다를 수밖에 없다. 밥은 중독되지 않지만, 약은 중독될 가능성이 높다. 밥을 먹으면 자연스레 힘이 생기지만, 약을 먹으면 억지로 힘을 이끌어내야 한다. 자연과 인위가 밥과 약에 곧바로 대응된다. "밥 먹어라"와 "약 먹어라"의 차이는 이렇게 자연과 인위만큼이나 거리가 멀다. 우리는 어떤가? 살리는 밥을 먹이는가, 아니면 죽이지 않는 약을 먹이는가? 밥과 약 사이에서 이도저도 아닌 삶을 사는 우리네 모습이 빤히 보이는 듯하다.

시인은 자연에 밥 대신 약을 주는 사람들의 반대편에 "이 땅의 늙으신 어머니"를 내세우고 있다. 「밥 53」에 등장하는 어머니는 유전자가 변형된 콩을 먹으며 창조경제를 외쳐대는 사람들과 상관없이 "땡볕에 앉아 콩밭을 매"고 있다. 어머니는 "삶이 콩밭과 콩밥만큼 지난하다는 것을" 참 농사를 지으며 몸으로 배웠다. 땡볕에 앉아 콩밭을 매는 과정이 있어야 우리가 먹는 콩 한쪽이 생긴다. 콩 하나에 서린 고통을 이해하지 못하는 사람들이 어떻게 '창조경제'를 할 수 있겠는가? 유전자 변형 콩은 땅에 심어도 싹눈이 보이지 않는다. 다음 해를 기약하지 않는 생명을 생명이라고 부를 수 있는가?

생명의 연속성이 사라진 먹을거리를 우리는 어떻게 생각해야 할까? "먹는 것처럼 거룩한 일은 없다"(「밥 36」)는 시인의 진술을 굳이 들여다보지 않더라도, 우리는 밥상을 받는 순간 이미 "생명 예배"(같은 시)에 참여하는 것이다. "제 살을, 제 뼈를, 제 피를/ 서슴없이 내어주는 밥상 위의 생명들"로부터 우리는 그들이 펼쳐낼 다음 시간을 빼앗고 있다. 인간은 먹을거리만 장만하면 된다고 생각한다. 생명이 수단이 되면, 그 생명을 먹고 사는 생명 또한 수단이 될 수밖에 없다는 걸 생각하지 않는다. 매 순간 우리는 생명을 먹으며 살고 있다. 밥 한 그릇에는 "제 살이 깎이는 아픔"(「밥 52」)을 감내하는 생명의 고통이 숨어 있다. 먹는 일의 거룩함은 어찌 보면 다른 생명을 먹이기 위해 제 살을 깎는 생명의 희생에서 뻗어 나오는지도 모르겠다.

상처 부스러기가 밥이다

살을 도려낼 때 생기는 아픔이 밥이다

당신께서 내게 베푼 사랑의 지극함이

톱밥처럼 세상의 모든 밥에는 아픔이 있다.

-「밥 68」 전문

밥풀 흘리지 마라
밥풀 흘리면 죄받는다는
그 말씀

오늘 아침, 대통령이
"밥이 민주주의"라고 말했다

70년 전에 우리 할머니
하시던 말씀이

민주주의 함부로 버리지 마라는
예언이었구나.

-「밥 70」 전문

상처부스러기가 밥인 이유는 무엇일까? 시인은 "살을 도려낼 때 생기는 아픔이 밥"이라고 표현한다. 밥을 먹는 우리는 그러므로 밥이 된 대상=생명의 아픔을 먹는 것이다. 생명에 새겨진 아픔은 "당신께서 내게 베푼 사랑의 지극함"과 다르지 않다. 지극한 사랑이 밥이 되는 시학은 「밥 70」에 이르면 "밥이 민주주의"라는 정치미학으로 이어진다. 70년 전에 할머니는 "밥풀 흘리지 마라"는 말씀을 자주 하셨다. "밥풀 흘리면 죄받는다는/ 그 말씀"에서 시인은 "밥은 민주주의"라는 맥락을 이끌어낸다. 밥풀 하나에 생명의 지극한 사랑이 담겨 있다. 민주주의는 밥에 새겨진 지극한 사랑을 받아들이는 데서 비롯된다. 생명을 사랑하는 일만큼 지극한 민주주의가 세상 어디에 있겠는가? 밥의 민주주의는 생명의 시대로 가는 길 위에 오롯이 세워져 있다.

밥의 민주주의는 "배부르게 먹으면서도 불평하며/ 남의 밥도 훔쳐 먹는 인간 세상"(「밥 79」)과는 멀찌감치 거리를 두고 있다. 「밥 79」에서 시인은 정화조라는 "어둡고 악취 나는 통 속에서/ 배설물을 분해시키"는 미생물을 생각하고 있다. 정화조 속에서 미생물은 또 다른 우주를 이루고 있다. "내 배설물이 그들에겐 일용할 양식"이므로 그들은 "내가 무엇을 먹었는지" 다 알고 있다고 시인은 이야기한다. 정직하게 얻은 밥을 먹었는지, 아니면 배부르게 먹으면서도 남의 밥까지 훔쳐 먹었는지 미생물은 훤히 꿰뚫고 있다는 것이다. 미생물들의 이런 우주에 비한다면, 남이 먹을 일용할 양식조차 빼앗는 인간 세계는 밥=생명에 내포된 민주주의와 정면으로 배치된다. 미생물들의 "다른 우주"가 절실히 필요한 세상이라고 볼 수 있는 셈이다.

사실 밥의 상상력을 통해 김상현이 표현하는 세계는 생명과 파괴를 아우르고 있다. 밥과 약을 구분하는 시

(「밥 46」)에도 나타났듯이, 시인은 밥이 약으로 변질된 세상을 보며 깊은 탄식을 내뱉고 있다. 「밥 80」에서 시인은 서양 사람들이 좋아하는 '파스타'를 이야기한다. 파스타에는 월계수 이파리, 오레가도 이파리, 타임나무 이파리가 들어간다. 파스타를 먹는 사람들의 몸속에 나무 이파리가 자라는 셈이다. 하지만 서양 사람들은 제 몸에 있는 "나무숲의 향기"를 잃어버리고 "혀끝 미각에 취해" 다른 나라를 끊임없이 침략한다. 과학기술을 신봉하며 생명을 파괴하는 일도 마다하지 않는다. "혀끝의 단맛"은 이토록 무서운 것이다. 무한 욕망이 우리가 사는 이 세계를 가차 없이 파괴하고 있는 것이다.

> 배곯이 하던 가난한 시절, 밥도둑이 많았습니다. 그런 밥도둑을 위해 어머니는 늘 가마솥에 밥 한 그릇을 고봉으로 담아 넣어 두었지요. 밥도둑은 그 밥이 자기를 위한 것이라는 것을 곧 알아차렸습니다. 다음날도 그 다음날도 가마솥에는 여전히 밥 한 그릇이 들어 있었으니까요. 어느 날 도둑은 고마움의 표시로 아궁이 옆에다 나뭇단 한 짐을 부려놓고 갔답니다. 그 뒤론 한 번도 밥도둑은 오지를 않았는데 아침마다 가마솥에 그대로 남아있는 밥그릇을 보며 어머니는 "어디 가서 굶어 죽지는 않았는지…" 하며 눈물을 글썽이곤 하셨습니다.
>
> –「밥 81」 전문

시인은 배를 곯던 가난한 시절에 자주 보이던 "밥도둑"을 떠올리고 있다. "밥도둑"이란 말만큼 서글픈 말은 없는 듯싶다. 오죽하면 밥을 훔칠까? "그런 밥도둑을 위해 어머니는 늘 가마솥에 밥 한 그릇을 고봉으로 담아 넣어 두었"다. 인정人情이다. 밥을 생명으로, 사랑으로 생각하는 옛 사람들의 마음이 어머니의 행동에는 새겨져 있다. 밥도둑이라고 어머니의 이 마음을 모를 리 없다. "어느 날 도둑은 고마움의 표시로 아궁이 옆에다 나뭇단 한 짐을 부려놓고 갔"다. 그리고 그 뒤로 밥도둑은 오지 않았다. 어머니와 밥도둑을 연결하는 끈은 무엇일까? 생명을 생명으로 대하는 마음이다. 밥 한 그릇에는 밥도둑을 향한 어머니의 연민이 담겨 있다. 연민은 사랑과 다르지 않다. 진심으로 '사랑'하는 사람에게 욕을 퍼부을 사람이 이 세상에 어디 있겠는가?

밥도둑이 오지 않으니 가마솥에는 밥그릇이 그대로 남아 있다. 어머니는 "어디 가서 굶어죽지는 않았는지…" 하며 눈물을 글썽인다. "큰 입이 큰 입을 삼"(「밥 26」)키는 세상에서 어머니의 이 눈물은 어떤 의미를 지니고 있을까? 시인은 어머니의 눈물에서 밥의 생명력을 본다. 누구나 밥을 먹는다. 밥을 먹어야 살 수 있기 때문이다. 하지만 그 밥을 먹고 누구나 어머니처럼 눈물을 흘리지는 않는다. 어머니가 흘리는 눈물을 보며 시인은 밥에게 새겨진 생명의 힘을 새삼 깨닫는다.

그가 이번에 내는 '김상현의 밥詩' 연작시집은 이렇게

보면 생명의 눈물이 메말라가는 시대를 정확히 겨냥하고 있다. 누구나 밥을 먹어야 한다. 그것이 밥의 민주주의다. 밥의 민주주의를 몸으로 실천한 어머니의 사랑으로 시인은 오늘도 밥이 곧 생명이 되는 세상을 상상한다. 그에게 밥은 사람과 사람, 나아가 생명과 생명이 만나 벌이는 축제의 중심에 오롯이 세워져 있는 것이다.